國家圖書館出版品預行編目資料

跟天空玩遊戲 / 顏艾琳著;鄭慧荷繪.——二版一刷.
——臺北市：三民，2007
面；　公分.——(兒童文學叢書.小詩人系列)
ISBN 978-957-14-3346-2　(精裝)

859.8

著作人	顏艾琳
繪者	鄭慧荷
發行人	劉振強
著作財產權人	三民書局股份有限公司
發行所	三民書局股份有限公司 地址　臺北市復興北路386號 電話　(02)25006600 郵撥帳號　0009998-5
門市部	(復北店) 臺北市復興北路386號 (重南店) 臺北市重慶南路一段61號
出版日期	初版一刷　2001年1月 二版一刷　2007年1月
編號	S 854701
定價	新臺幣貳佰捌拾元整

行政院新聞局登記證局版臺業字第○二○○號

ISBN　978-957-14-3346-2　(精裝)

http://www.sanmin.com.tw　三民網路書店

※本書如有缺頁、破損或裝訂錯誤，請寄回本公司更換。

兒童文學叢書
·小詩人系列·

跟天空玩遊戲

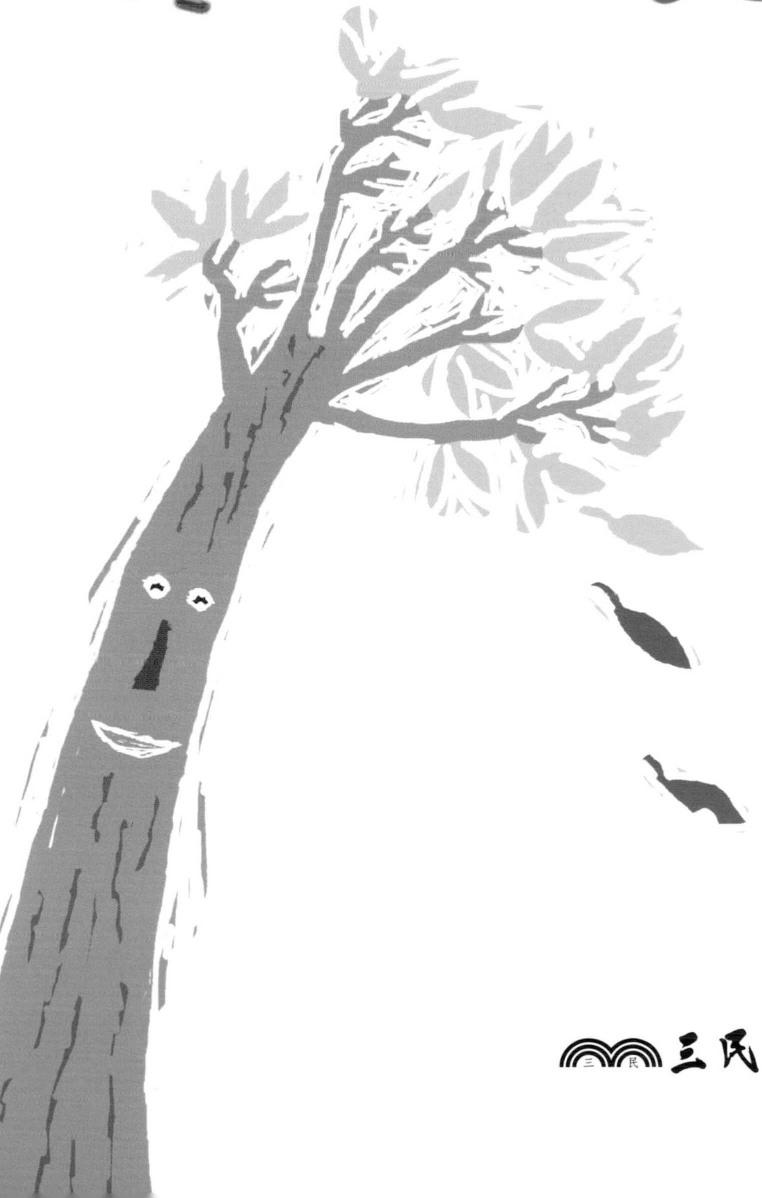

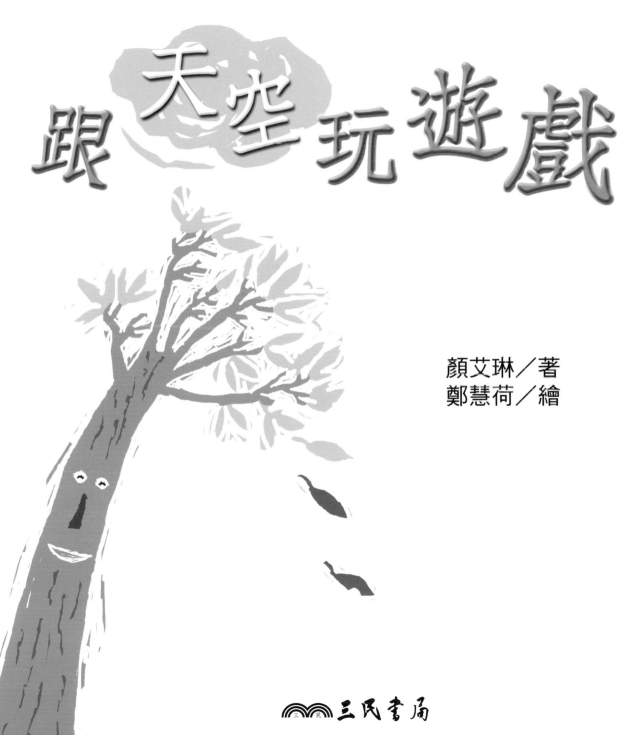

顏艾琳／著
鄭慧荷／繪

三民書局

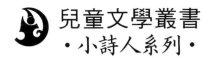

詩心・童心
——出版的話

可曾想過，平日孩子最常說的話是什麼？

「媽！我今天中午要吃麥當勞哦！」「可不可以幫我買電視上廣告的那種電動玩具！」「我好想要百貨公司裡的那個洋娃娃！」

乍聽之下，好像孩子天生就是來討債的。然而，仔細想想，這些話的背後，絕不只是貪吃、好玩而已；其實每一個要求，都蘊藏著孩子心中追求的夢想——嚮往像童話故事中的公主般美麗、令人喜愛；嚮往像金剛戰神般的勇猛、無敵。

為了滿足孩子的願望，身為父母的只好竭盡所能的購買，但孩子們總是喜新厭舊，剛買的玩具，馬上又堆在架子上蒙塵了。為什麼呢？因為物質的給予終究有限，只有激發孩子源源不絕的創造力，才能使他們受用無窮。「給他一條魚，不如給他一根釣桿」，愛他，不是給他什麼，而是教他如何自己尋求！

事實上，在每個小腦袋裡，都潛藏著無垠的想像力與無窮的爆發力。大人常會被孩子們千奇百怪的問題問得啞口無言；也常會因孩子們出奇不意的想法而啞然失笑；但這種不規則的邏輯卻是他們認識這個世界的最好方式。而詩歌中活潑的語言、奔放的想像空間，應是最能貼近他們跳躍的思考頻率了！

於是，我們出版了這套童詩，邀請國內外名詩人、畫家將孩子們天馬行空的想像，熔鑄成篇篇詩句；將孩子們的瑰麗夢想，彩繪成繽紛圖畫。詩中，沒有深奧的道理，只有再平常不過的周遭事物；沒有諄諄的說教，只有充滿驚喜的體驗。因為我們相信，能體會生活，方能創造生活，而詩的語言，也該是生活的語言。

每個孩子都是天生的詩人，每顆詩心也都孕育著無數的童心。就讓這些詩句在孩子的心中埋下想像的種子，伴隨著他們的夢想一同成長吧！

跟大自然和好

顏艾琳

小時候生活在臺南下營的經驗，讓我對大自然產生了無可分開的孺慕之情。大自然好像是我的親人、朋友、愛人、老師、孩子，給了我一個特殊而有趣的童年。

因此，當我有機會為兒童寫詩時，我便期許自己能用一支拙筆，將大自然的美麗、豐富描寫出來；不管是都市中的小孩、鄉村生活的小孩，都能從這本童詩感受到大自然的力量。

寫這本書時，我的小孩才半歲多，咿咿呀呀的想說話。他出生後，我和寫小說的老公吳鈞堯親自帶他，三個人每天在一起，有許多點點滴滴也注入寫作的情感和題材裡。當我完成此書時，小孩已十四、五個月大了，能說二百多個名詞單字。我想，他再大一些些，我就要念童詩、小故事給他聽。當然，一定會念這本《跟天空玩遊戲》。

世界變得好快，給予我精彩童年的環境如今已不復在，僅能用我的文字去建構回憶。我的小孩或許不能在鄉村成長，但在城市生活的我們，至少還擁有跟三十年前一樣的天空。我指著藍天白雲、白花花的陽光、飛鳥、雨滴、夕陽氣象幻化，一一教小孩認識，彷彿和天空的想像遊戲已經開始……

謹用這本童詩，獻給臺南縣下營鄉，我的阿公阿媽、我的家人和鄉親。

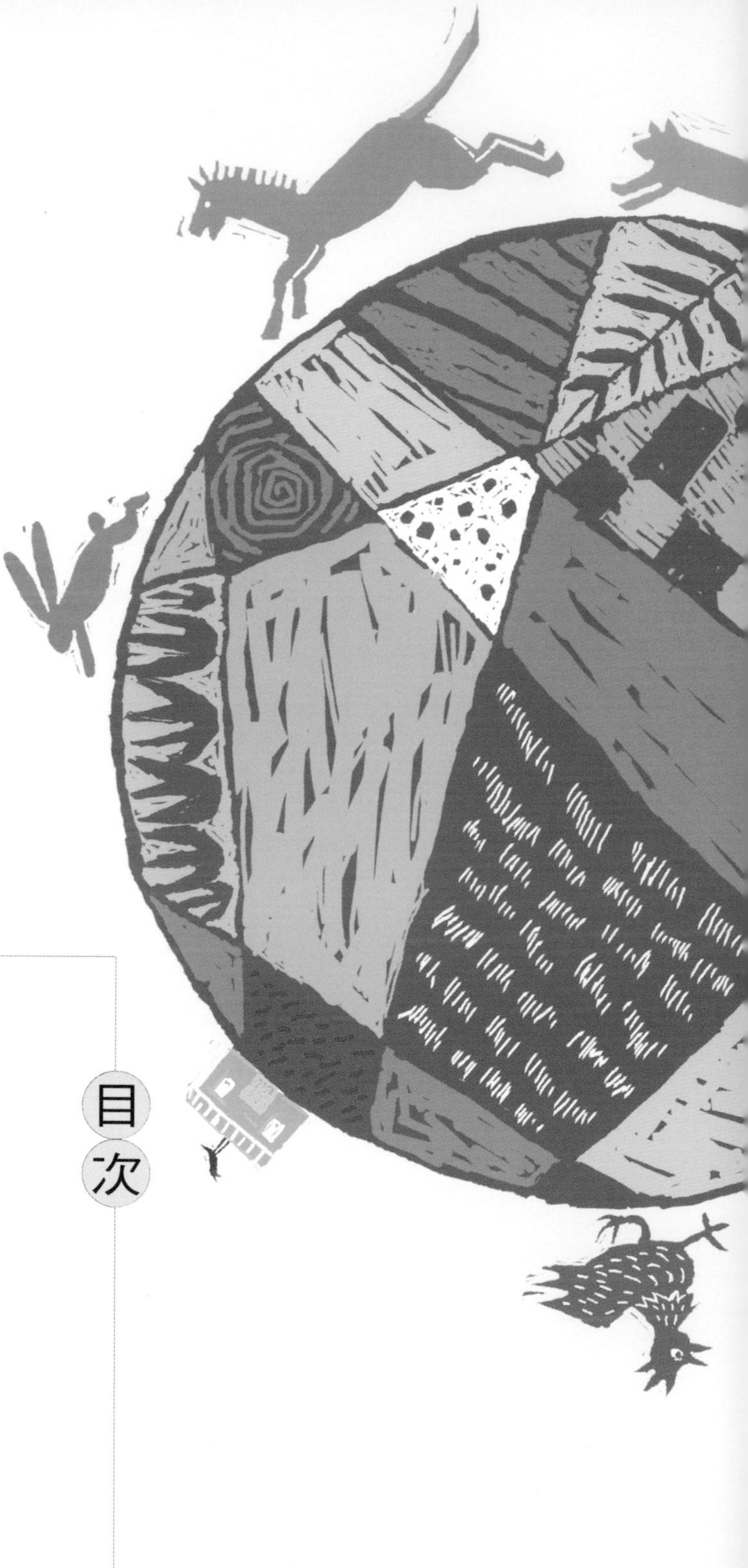

目次

跟天空玩遊戲

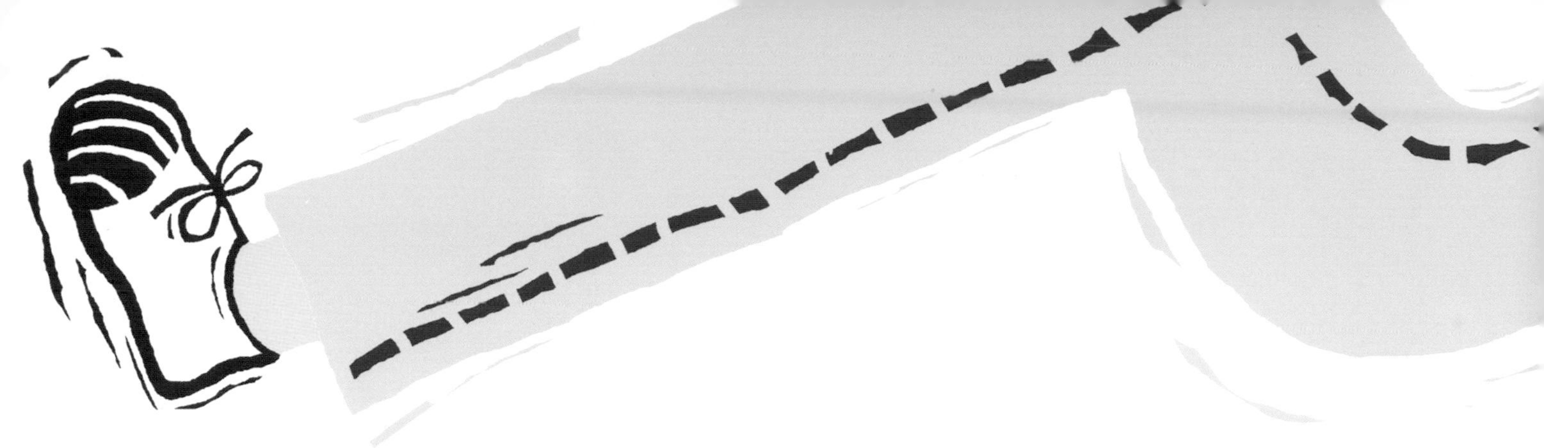

太陽雨

午後的花　懶洋洋的，
一直在打哈欠。
天上的雨滴
想逗花兒微笑，
從雲層降下來的時候，
挾帶著一點點
一點點的太陽光，

變成了美麗的黃金雨，
為花朵們化妝。
花朵一直點頭說：
謝謝、謝謝……

你知道嗎？
雨也是有很多種的喲。
綿綿的春雨、急性子的西北雨、
黏人的梅雨、雷雨、細雨、太陽雨……
你還看過哪些雨？

圓的地球

很遠很遠的地方，
也是
很近很近的地方。

從這裡出發
繞過一圈地球，
最後還是回到這裡。
不管旅行很遠很遠
還是很近很近，
這裡就是
起點和終點。
這裡不是任何地方，
這裡是我的家。

到了旅行的年紀時，
你想去哪裡看看、玩玩呢？
不論遠遊還是散步，
你發現了嗎？
起點和終點是一樣的地方喲！
在圓圓的地球儀上，
你找到自己住的地方嗎？

彩虹棒棒糖

天空是個任性的小孩，
向太陽爸爸要糖果吃。
太陽爸爸怕它蛀牙，
那麼天空可愛的笑臉，
就會出現黑黑的洞穴，
所以不肯給。

天空不聽太陽爸爸的勸，
耍賴的哭起來，
眼淚掉到地球妹妹身上，
把地球美麗的衣服弄溼了。
太陽爸爸只好從密布的雲堆裡，
東撥撥、西翻翻，
拿出一條有七種不同口味、
不同顏色組合的彩虹棒棒糖給它，
天空才停止了淚水。

為了向地球賠罪，
它把彩虹糖分成兩半，
天空一半、地球一半，
漸漸的把彩虹吃光光……

下過雨後，
抬起頭來看看天空，
瞧天空演什麼戲碼？
主角們又有哪些？

在天空玩把戲的人

白雲在天空變來變去，
一下子像冰淇淋、
一下子又變成大恐龍；
忽然之間，
巨大的恐龍開始變形——
脖子被拉長（是要變長頸鹿嗎？）
光滑的腦勺長出大耳朵（是大象嗎？）
四隻腳也慢慢成形（我猜是一匹馬！）
身體趴下來，縮短了（到底是什麼？）
雲朵一直被揉來揉去，
白白的身體已經變得灰灰了，

它還是沒有決定：
最後要變成什麼樣子？

我想，搓揉白雲的人
一定是個很有想像力、
腦筋動個不停的藝術家，
所以才能分分秒秒
玩著永遠不嫌膩的遊戲。

天上的雲每分每秒都在改變，
好像我們在捏軟陶或黏土一樣；
想為它命名嗎？
多用一些想像力喲！

春天的香水

春天是個美少女，
她的衣服
是一件香香軟軟的風。
當春天跳舞，
經過我的面前，
風的衣襬飄來陣陣香味，
令人陶醉。

春天拉拉我家的窗簾，
又扯扯我的頭髮，
調皮的問我：

「你猜猜，你猜猜，
我灑的是什麼味道的香水？」
「是荷花嗎？」
「不對，那是夏天的香水。」
「是桂花嗎？」
「桂花是秋天的香水。」
「那是梅花囉？」
「哎！梅花是冬天擦的香水……」

我搖搖頭，再深深的、
深深的吸了一口氣，
春天的味道清香怡人；
原來她的衣服上，
灑滿了山櫻、木棉、刺桐、
牡丹、桃花、含笑、羊蹄甲、
火焰木、苦楝、李樹、杏樹……
各種美麗的花香，
隨著風的裙襬
處處飄揚。

當東風吹拂過你的面前時，
你是否能嗅出屬於春天的香味呢？
如果春天是活潑的美少女，
那夏天、秋天和冬天，
又是什麼個性的少女？

螢火蟲

夏夜裡，
天空的星星下凡了，
躲在樹林中
偷偷看著小朋友，
不敢太靠近。

等到小朋友睡著後，
牠才飛到窗邊，
為夢裡迷路的小孩，
照亮回家的路。

你是否看過螢火蟲？
翩翩飛翔的牠，
像不像頑皮的小星星？
如果你是螢火蟲，
你會想在黑夜中探險嗎？

魚

岸邊的樹，
被風一吹，
落下了許多葉子，
變成一尾
　一尾的　魚，
在水裡繼續活著，
實現樹想去流浪的
夢想。

你是不是覺得魚的形狀很像葉子呢？
長在河邊的樹，
一輩子都固定站在那個地方，
它看著水裡的魚游來游去，
不知道會不會有流浪的念頭？

數學急轉彎

⊙第一題

冬天的時候，
五加五等於五，
十加十還是十，
為什麼這麼奇怪？

不奇怪、不奇怪，
因為天氣寒冷，
要幫手指戴上手套，
五根手指頭套上五指手套，
一雙手穿一雙手套，
就是五加五等於五、
十加十等於十。

⊙第二題

以前一加一等於王，
是猜謎的答案，
現在則是一加一等於零。
請你猜猜為什麼？
原來現在有許多叔叔和阿姨，
結婚之後不生小孩，
所以一個男生加一個女生
家庭計畫等於零！

數學急轉彎，
數字會說話，
原來生活中還有
這麼多不同的答案！

有人說，「數字會說話」，
除了詩中的「五加五等於五」、
「一加一等於零」的數學急轉彎，
你能從日常生活中，
聯想到其他的數學題嗎？

褲子

只有兩隻腳的他，
不知道為什麼
總是軟趴趴，沒有力氣
像一只布袋。
等到有人穿了他，
他就可以完全不花自己的力氣，
到處去旅行。

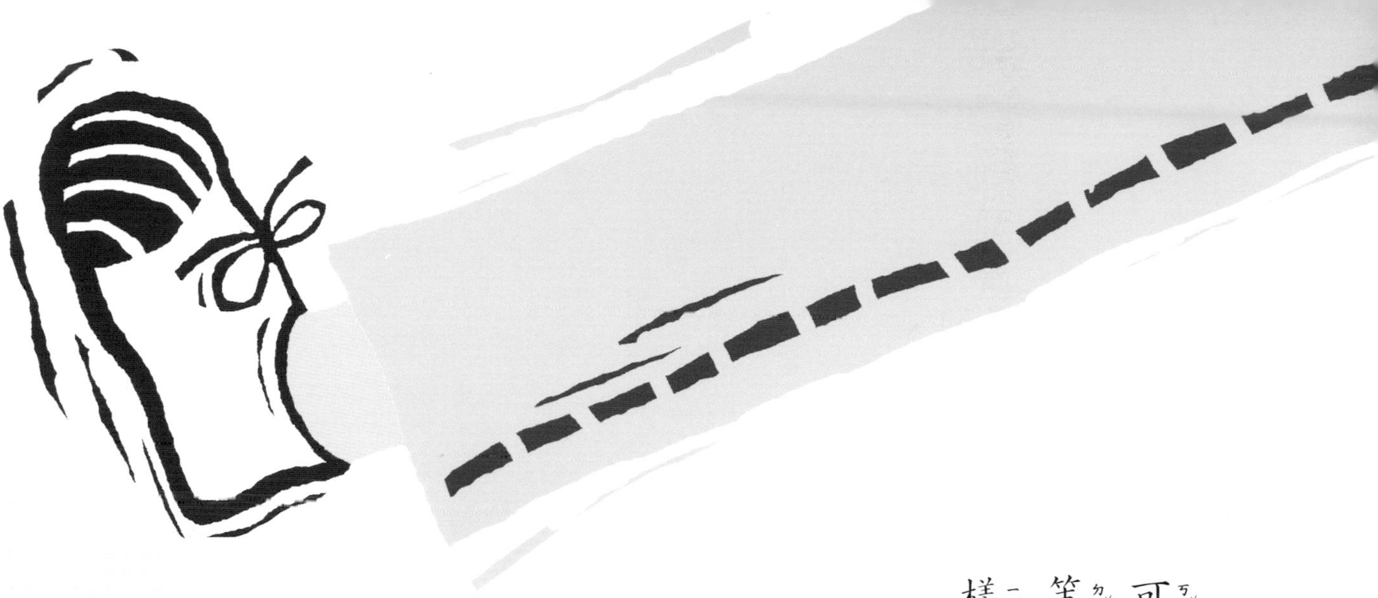

可是
等他回家之後，
樣子卻比誰都還要疲累！

經過一天的活動，
脫下來掛在衣架上的衣服、褲子，
好像也有很多故事想說，
你覺得它們在說什麼？

電燈

太陽工作了一天，
疲倦的躲在山後休息了。
天黑後，
電燈像花朵一樣的，
一朵一朵綻放在每戶人家。
白天時的電燈，
是不是把太陽的光芒
通通吸收起來？

否則，
它怎麼會那麼光、
那麼亮？
就像一朵美麗的太陽花，
照耀著我的夜晚，
使我不再害怕。
電燈電燈，
你真是我夜裡的小太陽！

你有沒有觀察過電燈呢？
花一點點時間，
看看這個熱情的「大眼睛」，
它還像什麼？

鋼琴

鋼琴是個大嘴巴的傢伙，
每當有人打開它的嘴，
它就把牙齒
整整齊齊的排列出來，
還歡迎別人用手指敲一敲，
好讓它健康漂亮的牙齒，
發出美妙的聲音：
多　咪　瑞　發
咪　索　發　瑞
多西・多索拉西・多——

鋼琴好像在說，
有一嘴整齊、健康的牙齒，
就能唱出動人的音樂，
說話和開口大笑
也不用遮遮掩掩。

有一張大嘴的鋼琴
是一個快樂而健談的傢伙。

有機會接觸到樂器時，
不妨注意它們的模樣，
很像各種動物呢！

鑰匙

開信箱用　圓頭鑰匙、
開鐵門用　六角鑰匙、
爸爸媽媽的房間
用方頭鑰匙鎖起來，
我的玩具箱鑰匙
是紅色塑膠做的。

鑰匙把大大小小的房間
關起來——
我的心也變成了房間，
自動關起來。

有沒有一把鑰匙，
可以把我的寂寞打開？

世界上有些門，
不是用鑰匙就可以打開的，
猜猜看哪一把才是人與人之間的萬能鑰匙？

跟蹤的人

是誰穿著黑色緊身衣，
一直跟在我背後？
我走得慢、
他也慢下步伐，
我走得快、
他也一樣快；
甩都甩不了。

直到中午十二點，
忽然　他又不見蹤影，
我又覺得有點寂寞——
少了一位朋友。

影子是個模仿大王，
只要有光的地方，
你做什麼動作，
影子就做什麼動作，
你打算做什麼有趣的動作，
讓他來模仿呢？

我去哪裡了？

照片的嬰孩哪裡去了？
爸爸說，他長大了，變成我。
媽媽說，小貝比越縮越小，
　　躲在我的身體裡。

那有多少個小貝比變成我？
或是　躲在身體裡呢？

長大的我一直長大，
以前的我到底在哪裡？
小時候的我為何消失了？
誰能告訴我，
那些「我」　去哪裡藏起來了？

你是否曾看著小時候的照片，
覺得自己怎麼跟照片中的人不一樣了？
因為成長是每天發生的，
新的自己在長大，舊的自己則變成回憶，
「我」到底去哪裡了？
哪裡都沒去，就在「我」自己身體裡。

我的家

我的家是不是糖果做的？
否則為什麼大家都說：
「我的家庭很甜蜜。」
可是我在家找來又找去，
沒找到蜂蜜蛋糕，
也沒有巧克力、
和糖果、餅乾……
我只看到——
媽媽臉上堆滿著微笑，
爸爸眼裡有溫柔的星星。

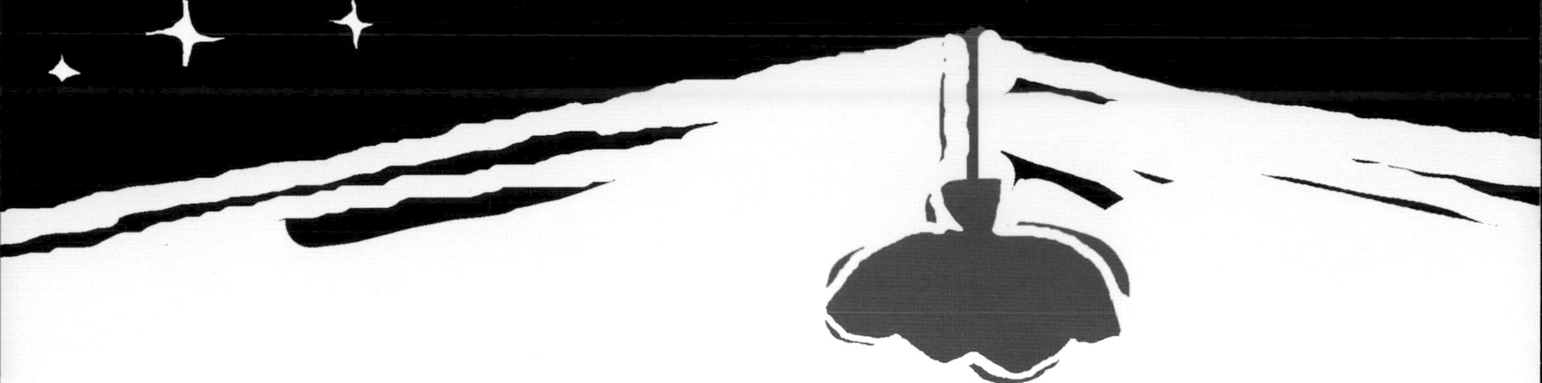

就算屋外在下雨，
我家依然有陽光，
是不是這樣就叫甜蜜？

爸爸的慈愛、媽媽的溫柔、
家人凝聚的情感，
是甜蜜家庭的要素。
你是如何形容你的家及家人的呢？

身上最幼稚的地方

忽然之間，
發現指甲又長了。
搞不清楚它何時長長的？
搞不清楚「忽然之間」
到底是多久的時間？

為什麼眼睫毛不會一直長長？
為什麼頭髮就能長長？
為什麼身高長到一定高度
就不肯再長高？
為什麼指甲又長了？

同樣的時間裡，
我和我的頭髮、身高、體重、
指甲、衣服、鞋子、頭腦……
一起成長為少年，
可是眼睫毛還是長不大，
全身上下，就屬眼睫毛最幼稚、
最會撒嬌、最會賴皮，
也最惹人憐愛。

試著把身上的器官
加以擬人化，
你會發現
「它們」個性十足哩！

小朋友守則

不挑嘴為吃飯之本。

微笑為打招呼之本。

不說謊為開口之本。

快樂為遊戲之本。

互相幫忙為友誼之本。

寫好作業為學習之本。

運動為健康之本。

樂觀進取為愉快之本。

閱讀為進步之本。

不做壞事為做人之本。
藉口為失敗之本。
懶惰為退步之本。
禮貌為人緣之本。
孝順父母為孩子之本。
最後一條：
愛心為萬事之本。

你可能會想：
生活中為什麼有這麼多規矩呢？
可是再仔細想想，
沒了規矩又會怎麼樣？

爸爸的叮嚀

我有一雙和爸爸一樣大的眼睛，
用來看電視、故事書、漫畫……
爸爸總是叮嚀我，
「遠一點、遠一點，不要近近的看，
眼睛才不會戴鏡片。」
他說我的人生路途遙遠，
不可小小年紀就「近視眼」。

我有兩片和爸爸一樣翹的嘴唇，
用來吃盡山珍海味和說話歌唱，
爸爸總是叮嚀我，

「吃完東西漱漱口，
講話禮儀要注重，
禍就不會從口出入。」

其實我明白爸爸的叮嚀，
是要我「看得遠」、「嘴巴甜」，
人生才會色彩繽紛，
生活才會更有滋味！

張開眼睛和嘴巴，
世界像不像個萬花筒、大冰箱？
聽從父母的叮嚀，
好好保養身體上的器官，
可別讓人生變「黑白」的喲！

催眠歌

「小寶貝　快快睡
天上星星也累了，
拉起雲來做棉被，
和你相約夢裡見，
一同遊玩到明天。

小寶貝　快快睡
你的眼睛累不累？
小熊身邊陪你眠，
白天玩耍晚上睡，
你是媽媽的寶貝。」

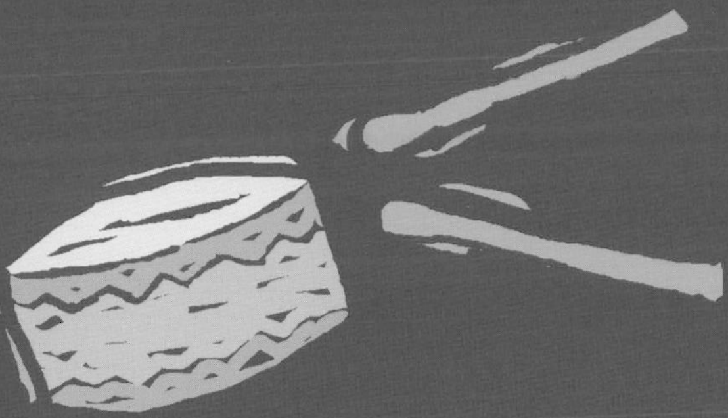

月亮瞇著眼睛笑，
媽媽哼歌哄你眠，
爸爸轉開輕音樂，
寶貝睡得香又甜，
一覺睡醒太陽現，
活活潑潑又一天。
「小寶貝　快快睡——
小寶貝　快——快——睡——
快——快——睡——
睡——」
噓——
哼歌的媽媽睡著了。

睡不著時，你是數羊咩咩？
還是抱著玩具說故事給它聽呢？
試試看，一邊默數一邊慢慢的深呼吸，
效果不錯哦！

跟你同一國

小小的小朋友，
你在說什麼呢？
因為愛你，想和你溝通，
爸爸和媽媽也變成
和你一樣小的小孩了。

跟你一起「啊嗯啊嗯」要吃飯、
「恰恰、恰恰」是會跑的車、
「咦——咦——」充滿驚奇、
「啊波啊波」指的是蘋果、

還有學你雙手一翻，
搖來搖去說「哞啊、哞啊」，
不管別人好笑的表情，
說著只有我們才懂的語言，
因為，我們
跟你是同一國的！

小嬰兒的話好像外星語，
富有想像力的你，
聽得出他們在說什麼嗎？

寫詩的人

顏艾琳

許多人都說她長得很「卡通」，腦袋中裝著各種奇思妙想，更喜歡將這些創意想法具體呈現出來；所以她總是無法閒下來。

活潑外向的她，是田徑、花式跳繩的高手，玩過現代劇場、搖滾樂團、詩歌表演，有豐富的比賽和表演經驗。

沉靜內向的她，可以長時間窩在屋內看書、聽音樂、手工藝品ＤＩＹ、寫作、畫畫，已出版三本現代詩集、二本散文、一本漫畫評論，這是她首次出版兒童文學作品。

天秤座的她，一生都在追尋生命的平衡美感，因此雖然動、靜態的生活狀態相差甚巨，她卻樂在其中呢！是個嫌一天二十四小時太短的享受生命者。

畫畫的人

鄭慧荷

繪畫、音樂、寫作、閱讀，一直是慧荷快樂的泉源。慧荷最感謝的是爸爸、媽媽，因為他們從不限制她興趣的發展，使她在年紀很小的時候就能盡情探索美麗的事物。

東海大學美術系畢業的她，近年致力於書本的封面設計及繪製插畫，繪本作品有《十三座海洋》，《跟天空玩遊戲》則是她的第一本兒童詩集繪本。

巨蟹座的她，既喜歡賴在家裡享受家的溫暖，也喜歡到處旅行，體驗世界的奇妙。現在她和先生，以及一隻彩色小花貓、一隻黑白大公貓熱熱鬧鬧的生活在一起。

詩後小語，培養鑑賞能力

在每一首詩後附有一段小語，提示詩中的意象、或引導孩子創作，藉此培養孩子們鑑賞的能力，開闊孩子們的視野，進而建立一個包容的健全人格。

釋放無限創造力，增進寫作能力

在教育「框架」下養成的孩子，雖有無限的想像空間，卻常被「框架」限制了發展。藉由閱讀充滿活潑想像的詩歌，釋放心中無限的想像力與創造力，並在詩歌簡潔的文字中，學習駕馭文字能力，進而增進寫作的能力。

親子共讀，促進親子互動

您可以一起和孩子讀詩、欣賞詩，甚至是寫寫詩，讓您和孩子一起體驗童詩繽紛的世界。

兒童文學叢書

小詩人系列

每個孩子都是天性的詩人

您是不是常被孩子們千奇百怪的問題問得啞口無言？
是不是常因孩子們出奇不意的想法而啞然失笑？
而詩歌是最能貼近孩子們不規則的思考邏輯。

現代詩人專為孩子寫的詩

由十五位現代詩壇中功力深厚的詩人，將心力灌注在一首首專為小朋友所寫的童詩，讓您的孩子在閱讀之後，打開心靈之窗，開闊心靈視野。

豐富詩歌意象，激發想像力

有別於市面上沒有意象、僅注意音韻的「兒歌」，「小詩人系列」特別注重詩歌的隱微象徵，蘊含豐富的意象，最能貼近孩子們不規則的邏輯。詩人不特別學孩子的語言，取材自身邊的人事物，打破既有的想法，激發小腦袋中無限的想像力與創造力。

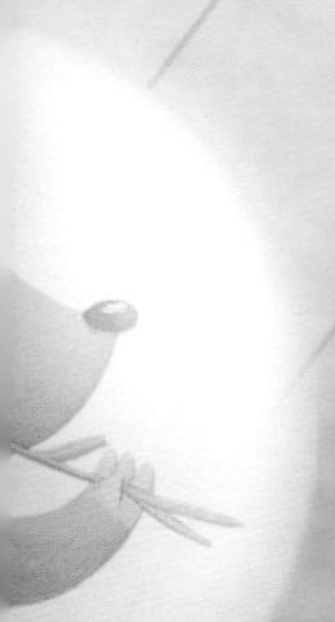

童話的迷人，

正是在那可以幻想也可以真實的無限空間，

從閱讀中也為心靈加上了翅膀，可以海闊天空遨遊。

這一套童話的作者不僅對兒童文學學有專精，

更關心下一代的教育，

出版與寫作的共同理想都是為了孩子，

希望能讓孩子們在愉快中學習，

在自由自在中發展出內在的潛力。

——簡宛（名作家暨「兒童文學叢書」主編）